Les Minutes Parisiennes &

HEURE DU MATIN

LES SOUPEUSES

AR GUSTAVE COQUIOT

ESSINS DE G. BOTTINI

Ollendorff
Paris

Prix : 2 francs

Les

Minutes Parisiennes

IL A ÉTÉ TIRÉ A PART

108 exemplaires sur papier de Chine,
et 28 exemplaires sur papier du Japon

Numérotés à la presse

Les Minutes Parisiennes

GUSTAVE COQUIOT

I Heure du Matin

Les Soupeuses

Illustrations de Georges BOTTINI

GRAVÉES SUR BOIS

PAR T.-J. BELTRAND ET DÉTÉ

PARIS

SOCIÉTÉ D'ÉDITIONS LITTÉRAIRES ET ARTISTIQUES

Librairie Paul Ollendorff

5o, CHAUSSÉE D'ANTIN, 5o

1903

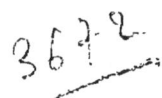

UNE HEURE DU MATIN

UNE heure du matin. Les derniers omnibus roulent, au trot pesant de l'attelage, ramenant au logis les attardés, ceux qui furent aux spectacles, ceux qui visitèrent des amis aux quartiers lointains. Les boutiques, illuminées tout à l'heure comme des reposoirs, sont closes ; et seuls les cafés flambent, gros yeux blancs ou jaunes, dardés sur les terrasses, ou clignotant derrière la buée des vitres ; tandis que le Paris du négoce va vers les couettes, songe aux bonnets de coton, aux foulards protecteurs des sommeils.

Aux quartiers excentriques, aux terrains de la zone, banlieues de Levallois ou de Saint-Ouen, l'heure est devenue inquiétante ; mais ici, aux boulevards, elle reste comique de par tous les gens qui se trompent d'omnibus, qui les manquent, ou qui s'attardent, « manilleurs » acharnés, bavards incorrigibles. En un instant, tout un monde de petits grotesques vit : petits fonctionnaires, petits négociants, petits employés, aux prises avec mille aventures saugrenues, aux prises surtout avec la nuit. Dès que le soleil ne luit plus, tous en

effet, vous le savez, perdent la tête,
et pestent contre le sort, jetant des
regards épouvantés aux façades
noires, bousculant d'une hâte folle
leur course déjà éperdue. L'idée
comique s'exprime par un tromblon
enfoncé jusqu'aux oreilles, ou par
un cache-nez, dont les pans, à cause
de la rapidité de la fuite, se tiennent
horizontaux ; mais tous surtout,
sans bravoure, filent par les rues
d'ombre, comme s'ils avaient à leurs
trousses une meute. De temps en
temps, certes, une voiture de vidange
pile lentement, très lentement, de
son pesant tonneau, le sol ; mais le
conducteur somnole, et l'on aurait

tout le temps d'être étripé, avant qu'il ne vînt à votre secours. Brrr! à cette pensée, le passant attardé file plus vite et, long flandrin ou bonhomme obèse, il rase les maisons, il quête des secours, il espère de toutes ses forces un retour sans périls.

Une heure du matin. On revoit encore les intérieurs bourgeois, où Madame est couchée, le cheveu orné de bigoudis, où Monsieur souffle et ronfle, où le chat familier rôde silencieusement par les pièces, maître de tout un domaine.

Le délicieux décor d'une solennité niaise, d'une puérilité attendrie.

Bons gros meubles recouverts en
toutes saisons de housses, chère cou-
ronne de mariée sous un globe en
forme de courge. Et vous‚y êtes
aussi, savoureuses mines de plomb,
exécutées par Madame, d'après les
« Modèles choisis » de Cicéri ; et
vous n'y manquez pas non plus,
beaux coussins en tapisserie, œuvres
d'une collaboration intime, d'une
union touchante. Quand Madame
lâchait le fil, Monsieur le reprenait ;
et ainsi furent représentés des fleurs,
des maisonnettes, des animaux. Aux
murs, aux fenêtres enfin, pas de
lampas, pas de brocarts, pas de gros
de Tours ni même de Venise, mais

de charmantes indiennes, de plaisantes cretonnes ; et l'on hume le parfum de tout cela, un parfum de frangipane, gâté d'une légère pointe de moisi.

Mais aux boulevards, voici maintenant qu'une nouvelle foule apparaît, rôde et vient vivre. Ce sont les noctambules : les petits et les grands viveurs, gens de toutes sortes et de toutes classes.

L'œil éveillé, ils vont, quêtant, furetant, et se mêlent aux filles et aux errants, qui battent de leurs lourdes semelles les trottoirs hospitaliers.

Ils sont commis en goguette,

cabotins pris de fringale à la sortie du théâtre, bourgeoises curieuses de restaurants de nuit ou négociants désireux de s'égayer.

Mais ils sont surtout bour- siers, croupiers, journalistes et filles de théâtre, « théâtreuses » et « soi- ristes », ceux et celles qui soupent, en véritables professionnels de l'heure, de cette minute parisienne après minuit, où il faut à tout prix, aux sons de violons épileptiques, se sustenter et s'abreuver.

LES GRANDES SOUPEUSES

N songe d'abord à elles, natu-
rellement, ces « promeneu-
ses de falbalas », ces « ma-
gasins de linges et de pelle-
teries », les grandes soupeuses,
filles de haut luxe, jaseuses et folles,
têtes petites et longs corps, effi-
lées, sveltes, amincies jusqu'à l'ex-
trême. Roseaux ployants, mais certes
pas pensants, elles sont toujours
les mêmes dans une période donnée
du temps ; elles composent celles
que la Réclame et la Chance ont
poussées au premier rang de la

galanterie; elles sont les bien ren-
tées ou les bien tarifées, si joliment
« faites » d'ailleurs, si joliment ma-
quillées, toujours parées, toujours
armées, et avançant à pas menus, le
flot des jupes battant lourd, avec des
dessous Jesurum ou école de Bu-
rano.

La grande soupeuse! Elle est vraiment splendide et elle est vraiment
l'indispensable invitée, tandis que,
gaie d'humeur, elle ambule,
rose et moite, turbulente et
volubile.

Fête de son regard, niaiserie
de ses propos! Cela disparaît,
est vite oublié sous l'éclair

répété des yeux. Exactes harmonies aussi des costumes, des attifements, du décor et de l'heure. La fille, pérennellement, offre au soleil, à la lumière, les artifices de ses goûts, l'orgueil de son triomphe. Elle marche, s'asseoit et se berce dans un charme enveloppant de costumes, dans de la recherche perpétuelle de nuances jolies. Pour sa tâche, amoureuse sans lassitude, elle offre alternativement la joie décidée du rose, la joie d'arrière-saison du lilas, la sérénité du vert, la joie arrogante du jaune.

Le matin, toutes baies ouvertes, ce sont de longues paresses dans la

plénitude du soleil, qui perce, de ses
flèches, sa chair amoureuse. La de-
meure, parallèlement, se fait pim-
pante et s'égaye de ses faïences mul-
ticolores, de ses peintures revernies ;
et les parfums des fleurs s'épandent
maintenant, mélangés de musc, de
kiss me quick et de champaka.

Apparat encore des après-midi !
Splendide gerbe de femmes roses,
jaunes et bleues, quand elles s'avan-
cent sous l'abat-jour d'un parasol
fleuri, et qu'elles se mêlent, vont et
viennent, plus éclatantes et plus épa-
nouies que les fleurs, plus attirantes
et si gaies, amusées de leurs propos,
dansant sur leurs hanches, ondu-

lant et faisant valoir la soie de la
peau, laissant le sillage de lumières
vives, d'impossibles couleurs ; — et
si inquiétantes dans le nuage des
white héliotrope, des wood violet et
des snouw rose !

Cortège de filles inouïes pour la
parade ; admirables bêtes de vice,
heureuses de leur rôle, des airs de
manège appris, de tourner ainsi en
rond, — avec des grâces !

Mais ces orageuses trousse-jupes
sont plus splendides encore quand
elles défilent en escadrons compacts,
de toutes armes, de toutes tailles, et
que, cuirassées de soie ou à l'aise
dans les dentelles, elles vont, droites,

glorieuses, impassibles, l'œil large-
ment ouvert et fixe. Elles vont,
légères, remuant le flot des jupes
qui bat sur leurs pieds, finement
chaussés de peau glacée, de frêle
vélin blanc.

Elles composent le bataillon des
filles élues, triées dans la horde
des ambulantes perdues, le soir, aux
chantants, aux coulisses, dans les

coins des maisons closes. Elles ont
les ressources diverses des duperies
d'amour; et elles les affirment plei-
nement dans leurs gestes, surtout
dans la bousculade forcenée des
sports.

Une voiture, puis deux, puis trois;
et roule le défilé de leurs charrettes
d'été, boîtes vernies, bois ou osier :
Polo-cab, Stanhope-cab, Epsom-cab,
Rallye-cart, Poney-chaise, Village-
cart.

Cobs nerveux filent et s'ébrouent,
comme brossés à neuf, et les filles,
la main gantée de peau de chien, se
roidissent, les yeux rivés sur les
oreilles du cob, avec, sur le front,

l'ombre douce du grand chapeau
fleuri et des dentelles point de Venise et fleurs d'Alençon.

Elles se croisent ou se dépas-
sent, se jugeant d'un coup d'œil
exercé, avec des moues d'exorables
gamines; et, très hautaines un instant, le col tendu, elles s'appliquent
à demeurer le fouet haut, immobiles,
toutes droites.

La fille, en ces charrettes vernies, singe indéniablement les
attitudes de la bête de luxe qu'elle
mène au bout d'un fil, avec une
science si parfaite. Attitudes ré-
jouissantes, certes, pour sa joie
propre, pour le passant de la route,